AF370174

Vente du Jeudi 16 Mars 1865

TAPISSERIES

MARBRES ET CURIOSITÉS

EXPOSITION PUBLIQUE

Le Mercredi 15 Mars 1865

Mᵉ Ch. PILLET, Commissaire-Priseur

MM. MANNHEIM, Experts

PARIS. IMPRIMERIE DE PILLET FILS AÎNÉ

5, RUE DES GRANDS-AUGUSTINS.

CATALOGUE

D'UNE RÉUNION DE

VINGT-QUATRE

TAPISSERIES

DES GOBELINS, DE BEAUVAIS & D'AUBUSSON

Sculptures en marbre;
Régulateur de Lepaute; Meubles anciens;
Bronzes japonais; Verres de Venise;
Objets variés

DONT LA VENTE AUX ENCHÈRES PUBLIQUES AURA LIEU

HOTEL DROUOT, SALLE N° 7

Le Jeudi 16 Mars 1865

A DEUX HEURES ET DEMIE

———⚬~⚬———

Par le ministère de M⁰ **CHARLES PILLET**, Commissaire-Priseur.
rue de Choiseul, n° 11,

Assisté de MM. **MANNHEIM**, Experts, rue de la Paix, 10,

Chez lesquels se distribue le présent Catalogue.

———⚬~⚬———

EXPOSITION PUBLIQUE

Le Mercredi 15 Mars 1865, de une heure à cinq heures.

CONDITIONS DE LA VENTE

Elle sera faite au comptant.

Les acquéreurs payeront, en sus des adjudications, *cinq pour cent,* applicables aux frais.

Paris. Imp. PILLET FILS AÎNÉ, rue des Grands-Augustins, 5.

DÉSIGNATION

DES OBJETS

Tapisseries

Belle tenture de salon en tapisserie des Gobelins. Elle représente des sujets tirés de la *Jérusalem délivrée*, et se compose de sept parties qui seront vendues séparément :

1 — Tancrède et Clorinde. Haut., 3 mèt. 33 cent.; larg., 3 mèt. 45 cent.

2 — Herminie rendant Antioche à Tancrède. Haut., 3 mèt. 33 cent. ; larg., 4 mèt. 60 cent.

3 — Olynde et Sophronide délivrés par Clorinde. Haut., 3 mèt. 33 cent; larg., 5 mèt. 20 cent.

4 — Herminie chez les paysans. Haut., 3 mèt. 33 cent.;
larg., 3 mèt. 8 cent.

5 — Clorinde baptisée par Tancrède. Haut., 3 mèt. 33 cent.;
larg., 2 mèt.

6 — Tancrède blessé et Herminie. Haut., 3 mèt. 33 cent.;
larg., 2 mèt.

7 — Tancrède ordonnant la construction d'un mausolée pour
Clorinde. Haut., 3 mèt. 33 cent.; larg., 2 mèt. 50 cent.

Belle tenture de salon en tapisserie de Beauvais, composée de
six parties représentant des jeux d'enfants, qui seront
vendues séparément :

8 — Première partie. Haut., 4 mèt. 25 cent.; larg., 4 mèt.
45 cent.

9 — Deuxième partie. Haut., 4 mèt. 25 cent.; larg., 4 mèt.
45 cent.

10 — Troisième partie. Haut., 4 met. 25 cent.; larg., 2 mèt.
60 cent.

11 — Quatrième partie. Haut., 4 mèt. 25 cent..; larg. 2 mèt.
20 cent.

12 — Cinquième partie. Haut., 4 mèt. 25 cent.; larg. 3 mèt.
40 cent.

13 — Sixième partie. Haut., 4 mèt. 25 cent.; larg., 2 mèt. 65 cent.

14-15 — Deux belles tapisseries de Beauvais, représentant des sujets champêtres, d'après Boucher. Haut, 2 mèt. 70 cent.; larg., 4 mèt. 40 cent.

16 — Tapisserie de Beauvais : Amours et Satyres. Haut., 3 mèt. 20 cent.; larg., 3 mèt. 80 cent.

17-19 — Trois tapisseries représentant des sujets tirés de l'Ecriture sainte. — Haut., 3 mèt.; larg., 3 mèt. — 2 mèt. 25 cent. — 3 mèt. 45 cent.

20 — Grande tapisserie de Flandre, avec inscription latine, représentant Syphax fait prisonnier par Scipion. Haut., 2 mèt. 85 cent.; larg., 1 mèt. 85 cent.

21 — Tapisserie d'Aubusson : Sacrifice aux dieux. Haut. 3 mèt. 20 cent.; larg., 4 mèt.

22-24 — Trois tapisseries représentant des paysages et des oiseaux. — Haut., 2 mèt. 70 cent.; larg., 2 mèt. 35 cent. — 1 mèt.; 70 cent. — 1 mèt. 43 cent.

Objets divers

25 — Commode du temps de Louis XV, à deux tiroirs en marqueterie de bois à fleurs, avec poignées et chutes en bronze.

26 — Beau régulateur de *Lepaute, horloger du roy au Luxem-
bourg.* La caisse, en marqueterie de bois exotique, est
richement garnie de bronzes ciselés et dorés. Époque
Louis XV.

27 — Pendule du temps de Louis XIV, en écaille, incrustée
de filets de cuivre et richement garnie de bronzes dorés.

28 — Petit bureau à cylindre du temps de Louis XVI, en bois
d'acajou et dessus de marbre blanc.

29 — Douze fauteuils en bois sculpté du temps de Louis XVI.
Ce lot sera divisé.

30 — Petite statuette en bronze : Jeune femme sortant du
bain, sur socle en marbre blanc.

31 — Petit livre d'Heures; manuscrit du xve siècle, orné de
miniatures et de bordures finement exécutées en couleurs,
avec rehauts d'or.

32 — Plat ovale en faïence : la belle Jardinière.

33 — Petite horloge horizontale de forme hexagone.

34 — Petit cartel Louis XV, en bronze, avec mouvement à
sonnerie.

35 — Lance en ivoire sculpté.

36 — Deux beaux médaillons en marbre blanc sculpté, représentant en bas-relief les bustes de saint Louis et de Louis XVI. Ils sont signés : Roland, 1787.

37 — Autre médaillon rond en marbre blanc sculpté, représentant en bas-relief le buste de Louis XVI.

38 — Deux grands médaillons ronds en marbre blanc sculpté, représentant en bas-relief les bustes de Louis XV et de Louis XVI.

39 — Statuette en marbre, représentant la Vierge debout, portant son divin Fils.

40 — Groupe en marbre blanc sculpté, représentant un enfant jouant avec un cygne.

41 — Sculpture en haut relief sur marbre blanc, représentant un enfant debout, pleurant.

42 — Petit groupe en marbre blanc : Cerf attaché à un arbre.

43 — Trois supports en bois sculpté et doré, à trépieds et têtes de béliers. Époque Louis XVI.

44 — Pendule du temps du Louis XVI, en bronze doré et figure bronzée, représentant l'Afrique.

45 — Deux candélabres Louis XVI, en bronze doré avec figures bronzées, supportant un vase d'où s'échappent trois branches de pavots.

46 — Pendule Louis XV, avec socle en vernis de Martin à fleurs et sujet pastoral.

47 — Deux dessus de portes du temps de Louis XIV, en chêne sculpté, représentant des vases de fleurs.

48 — Deux grandes et belles figures japonaises en bronze. L'une représente le dieu du Feu et l'autre le dieu de la Guerre. Elles reposent sur de larges socles formés de rochers enrichis de dragons en ronde bosse.

49 — Figure de femme japonaise, en bronze, en riche costume et tenant une branche de fleurs.

50 — Bronze japonais. Figure d'homme debout sur un socle carré enrichi d'ornements en relief.

51 — Brûle-parfums en bronze, formé par un personnage monté sur un mulet.

52 — Grand éléphant richement caparaçonné, supportant une
pagode dorée. Bronze japonais.

53 — Deux autres éléphants analogues à celui qui précède,
mais plus petits.

54 — Seize verres de Venise et de Bohême, de formes variées,
qui seront vendus par lots.

55 — Pendule Louis XVI, en bronze doré et en marbre blanc.
Sacrifice à l'Amour.

56 — Deux vases en porcelaine gros-bleu, montés à anses, et
piédouches en bronze doré.

57 — Deux candélabres à trois lumières en forme de vase, en
porcelaine gros-bleu, montés en bronze doré:

58 — Deux autres candélabres en forme de vases, en bronze
bleui, montés en bronze doré et à bouquets de fleurs à
trois lumières.

59 — Deux aiguières modèle rocaille, en bronze doré.

60 — Deux coupes de même style en bronze doré.

61 — Plateau en porcelaine de Chine, à décors de paysage, finement émaillé et monté sur pied en bronze doré.

62 — Tonneau en porcelaine de Saxe sur pied, enrichi de figurines d'enfants.

63 — Quantité de porcelaines de Chine et du Japon, qui seront vendues par lots.